향긋한 은혜

향긋한 은혜

초판 1쇄 발행   2025년 4월 18일

지은이 | 신소정
만든이 | 이한나
펴낸이 | 이영규
펴낸곳 | 도서출판 그린아이

등록 연월일 | 2003. 12. 02.
등록 번호 | 제2-3893호
주소 | 서울특별시 은평구 녹번로 6-11, 201호
전화 | 02)355-3035   팩스 | 031)965-4679
이메일 | gmh2269@hanmail.net

ISBN 979-11-91376-48-7(03810)

향긋한 은혜

신소정 첫 시집

그린아이

첫 시집을 내며

화창한 봄날
사방에서 꽃 잔치로
향기가 가득하고
푸른 잎들이 방긋거리며
손을 흔든다

담장을 타고 오르는
어린잎들 속에
생명의 축제가
조용히 펼쳐진다

향기로운 꽃바람을 타고
나는 어디로 향하는가
당신의 빛나는 시선 속에서
더 큰 사랑과
깊은 믿음을 품는다

모든 이들에게
향긋한 은혜를 나누고
온 마음으로 끓인 사랑을
전하게 하소서.

여기까지 인도하셔서, 첫 시집을 세상에 나오게 하신 하나님의 은혜에 무한 감사드리며, 늘 기도로 힘을 주시는 남서울중앙교회 피종진 원로목사님과 여찬근 담임목사님, 믿음의 동료들, 감사드립니다. 서예작가로 활동하게 길을 열어주신 심재 김선숙 선생님, 한국화에 눈을 뜨게 해주신 최완성 선생님께 감사드립니다.

시집을 발간하도록 세심한 사랑으로 평가해 주시고 인도해 주신 쉴만한물가작가회 강순구 회장님과 피기춘 교수님께 감사의 마음을 전합니다.

여기까지 인도하신 하나님께 감사드리며, 항상 옆에서 무조건 지지하며, 기도로 물심양면으로 지원해 주며 응원해 주신 사랑하는 남편(이희수 장로)과 삼 남매(승아, 상헌, 승희) 가족들, 사랑하고 축복합니다.
감사합니다.

2025년 4월

아은 신소정

영감 넘치는 시의 향기로 피워낸 첫 시집

강순구(시인, 목사, 쉴만한물가작가회 회장)

희망찬 봄날에 접어든 요즘, 하루가 다르게 소생하는 만물과 산천은 연둣빛으로 물이 오르고 꽃들도 갖가지 색깔과 향기로 황홀경을 만들어가는 행복한 계절입니다.

평소에 존경하는 신소정 권사님께서 뛰어난 영성으로 정감 넘치고 문학성 가득한 첫 번째 시집을 상재하시게 됨을 진심으로 축복하며 축하를 드립니다.

교계에서 큰 존경을 받는 피종진 원로목사님, 여찬근 담임목사님께서 시무하시는 남서울중앙교회에서 오랜 세월 믿음생활하시면서 하나님을 사랑하고 교회와 이웃을 아름답게 섬기며 하나님이 창조하신 세상과 만물을 품어가며 향기로운 시의 꽃으로 피워내어 완성한 생명력 넘치는 시집 『향긋한 은혜』는 하나님 앞과 독자들께 귀하고 아름다운 향기를 선사하리라 믿어 의심치 않습니다.

제가 평소 뵈어온 신소정 권사님은 마음이 따뜻하시고 정이 많으시며 긍정적이신, 사랑 가득한 현숙한 여인이십니다. 독실한 크리스천으로서 하나님의 사랑을 인류의 가슴에 심어 주고자 하는 소명에 찬 아름다운 숨결을 느끼게 해주시는 분입니다. 이른 여명에 기도하고 말씀을 묵상하며 자아의 인식 속에서 영감이 넘치는 아름다운 시어와 이미지가 빛나는 문학인으로서 열정이 불타오르고 있습니다. 시어 하나하나를 수없이 다듬으며 만들어내는 인생과 자연과 영감이 가득한 창작의 모습을 힘차게 응원합니다.

시는 우리의 사상이나 감정을 언어로 표현한 예술입니다. 쉽게 알지 못했던 다른 이의 사상과 감정을 '시'라는 통로를 통해 느끼고 공유하며 우리의 마음을 아름답고 순수하게 만들어 주는 매력을 가지고 있습니다.

신소정 시인의 시를 통하여 온전한 정서와 올바른 믿음, 우리가 꿈꾸어야 할 아름다운 마음의 씨앗을 많은 독자들이 향유할 수 있기를 기원합니다.

어느새 솜털을 묻힌 나무의 새 눈이 뜨여지니 새봄의 생기가 다가온 듯합니다. 봄의 숨소리를 한 모금씩 먹어가며 신소정 시인의 아름다운 시집 일독을 권합니다.

사랑과 은혜가 샘솟는 생명수 같은 시심詩心

피기춘(문학박사, 시인)

계절적으로 모든 생명체가 푸르게 돋아나고 온갖 꽃들이 저마다 자신의 타고난 미美를 한껏 포즈Pose 잡는 4월의 길목에서 신소정 시인의 첫 번째 시집 『향긋한 은혜』 상재上梓를 축하드린다.

신소정 시인은 지난해 기독문학지 『쉴만한물가』 신인문학상을 수상하며 시인으로 등단하였고 필자도 그날 행사장에서 처음 얼굴을 뵈었는데 표정 속에 이미 교회의 권사님다운 '향긋한 은혜'가 빛나고 있었다.
시인의 책무責務는 독자에게 감동을 주는 작품을 많이 창작하는 것이다.
신소정 시인은 등단한 지 4개월이라는 짧은 시간임에도 불구하고 벌써 첫 시집을 출간한다는 소식을 듣고 매우 놀랐으나 신소정 시인의 삶에 대하여 좀 더 알아보니 인생과 문학의 경력이 매우 놀라웠다.

신소정 시인은 여고시절부터 이미 시 창작에 남다른 재능이 있어 시를 쓰기 시작했고 문학 소녀로 인정받았다.

중년에는 서예의 재능을 발휘하여 현재 서예 초대작가로 왕성한 활동을 펼치고 있다.

이외에도 문학과 예술을 함께 보듬어 가는 순수 문예의 삶을 이어가고 있다.

시의 정신과 시의 세계는 곧 화자의 정신이고 그의 삶에 대한 결정체이다.

'나마스테'란 말은 히말라야 고산족들이 주고받는 인사말로 "당신의 마음속에 있는 신神에게 경배합니다."라는 뜻인데 그 이유는 마치 신이 대자연의 변화와 인간의 웃음, 눈동자의 움직임, 표정, 손짓·발짓 등 모든 동작 하나하나를 놓치지 않고 지켜보고 있듯이 시인의 눈과 마음도 모든 사물을 '나마스테'의 시선으로 보아야 한다는 것이다.

　신소정 시인이 시인으로 등단한 경력에 비하여 첫 시집의 출간이 남보다 빠른 이유는, 이미 오랜 시간 자신의 시 세계를 절차탁마切磋琢磨와 마부위침磨斧爲針의 자세로 습작해온 결과물인 것이다. 우리가 잘 알고 있는 호박벌은 몸통이 날개보다 6배나 작아서 신체 구조상 도저히 날 수 없는 곤충이다. 하지만 호박벌은 1초에 250번의 날갯짓으로 날고 있다. 「대동여지도」를 완성한 추사 김정희(1786~1856)는 평생 벼루 10개를 갈아서 구멍을 냈고 붓 1천여 개가 닳도록 붓글씨를 썼다. "날마다 쓰는 열쇠가 빛이 난다"는 격언처럼 신소정 시인은 지나온 긴 세월 동안 이미 자신의 문학세계를 꽃피우기 위해 눈물겨운 노력이 있었기에 오늘 이처럼 독자에게 감동을 전하는 보석 같은 첫 시집 『향긋한 은혜』가 탄생하게 된 것이다.

　성공을 위한 세 가지 액체는 땀과 피와 눈물이다. 이 세 가지가 주춧돌이 되고 영양분이 되어 성장한 성공이 진정한 성공인 것이다. 한 편의 시가 창작되는 과정은 참으로 힘겨운 고뇌와 독백의 시간이 필요한 것이다.

신소정 시인의 시에는 사랑과 은혜와 감사가 생명수처럼 넘쳐흐르고 있고, 무엇보다 놀라운 사실은 시인 자신의 마음에 청자빛 하늘을 담을 수 있는 시인이라는 것이다.

「세월 1」이란 시에서 "믿음의 언어로/소망의 언어로/사랑의 언어로/빛으로 걸러내신/손길의 역사//이제, 돌아보니/은혜요/축복이요/당신의 사랑입니다//"라고 고백했듯이 사랑과 은혜와 감사가 넘치는 삶은 언제나 부활이고 창조이다. 창작이란 "이전에 없던 것을 새로 만든다"는 의미로 처음 시작된다는 뜻이다. 시인은 날마다 새로운 언어로 시를 창작하는 영혼의 예술가이며, 시인의 작품세계는 언제나 현재진행형이고 마침표가 없는 인생이다.

비록 시인 등단은 조금 늦었지만 "나중 된 자가 먼저 되고 먼저 된 자가 나중 되리라"는 성경의 말씀처럼 주저함과 멈춤 없이 창작활동에 열정을 쏟아서 한국 문단의 큰 별로 우뚝 서는 날을 소망한다. 다시금 첫 시집 『향긋한 은혜』 상재를 축하드린다.

목차

제1부

아름다운 인생

목차

제3부

향긋한 침묵(행복, 세월)

목차

제5부

*또 다른 감사를

아름다운 인생

아름다운 인생 1

삶의 숲을 장식한
그리운 사람들이 곁에 있어
날마다 사랑을
경작할 수 있다면

삶의 겨울날
구원의 사랑이 있어
솟구치는
샘물의 언어로
고백할 수 있다면

아름다운 인생이라
말할 수 있습니다.

아름다운 인생 2

버릴 수 없는
세월의 흔적들이
내 시詩 속에 들어와
녹아들 수 있다면

내 인생의 경험을
아픔 안고 사는
사람들과 함께
나눌 수 있다면

마음 문으로
청자빛 하늘을
담을 수 있다면

아름다운 인생이라
말할 수 있습니다.

하늘 사랑

파아란 하늘에
뭉게뭉게 피어오른 구름
꽃송이처럼 예쁜 구름
사랑스런 양떼구름
마음이 비어질 땐
눈으로 들어와
마음속에 안긴다

어느새
붉게 물들어가는
저녁노을 따라
어디로 갔을까
까아만 밤하늘에
별들의 세계가
수놓아지는데~
하늘을 사랑한다

그리고 가끔씩
그분을 향한 그리움을
실어 보낸다.

들꽃

뜨락마다 번지는
당신의 미소에
나래 펴며
드높은 하늘을
날아오르는 열망이
당신의 깊이로
빠집니다

당신이 뿌린
생명의 씨
들꽃으로 피어나
당신을 기다립니다
그리움의 언어는
당신을 향한
사랑의 멜로디로
피어납니다.

여름향기

푸른 얼굴마다
그리움이 묻어나고
하늘빛 사이로 춤추는 듯,
옷자락에서
푸른 생명을 느낀다

나뭇가지마다
향기가 소복소복
잔잔한 흔들림 속에
행복감에 빠진다

일상에서 벗어나
사랑하는 사람들과
신록에 발을 담그며
한 움큼 씹은 향기로
마음 구석구석을 씻어낸다
날마다, 푸른빛을 받으며
향기 있는 사랑을 하련다.

푸른 얼굴마다
그리움이 묻어나고
하늘빛 사이로
춤추는 듯
옷자락에서
푸른 생명을 느낀다
나뭇가지마다
향기가 소복소복
잔잔한 흔들림 속에
행복감에
빠진다
일상에서 벗어나
사랑하는 사람들과
신록에
발을 담그며
한 웅큼 씹은 향기로
마음 구석구석을
씻어낸다
날마다
푸른빛을 받으며
향기 있는
사랑을 하련다

아윤 신소정

따뜻한 겨울

겨울 저편에서
따뜻한 겨울을 그린다
얼어붙은 나뭇가지에
햇살이 소복하다
마치, 작은 별처럼 빛나고
차가운 공기를 달래주는 듯
벽난로에서는
불꽃이 피어난다

어디서 왔는지
작은 햇살이
손짓하며 다가와
가슴에 쏘옥 들어온다

따뜻한 겨울이다.

겨울 사랑

겨울엔
때 묻은 옷을
벗고 싶다
서성이던 발걸음도
멈추고 싶다

온갖 바램으로
살아온 날들을
은총으로 열고 싶다

겨울엔,
사랑으로 오신
그분을 만나고 싶다
멈추지 않는 사랑을
나누고 싶다

내 안에 향기를 나누고 싶다
가득찬 감사를
나누고 싶다

겨울은,
은총이요 축복이요
사랑이다.

사랑은 아름다워

사진 속에 숨어 있는
풋풋한 사랑이 보인다

맑은 눈으로
시간을 씻는다
그 속에 배어 있는
믿음의 언어들
일상의 아름다움

소중히 묻어두고 싶은
이야기들
시간 시간의 얼굴들이
아름답다

함께 느끼고
생각하고 행동하고
베풀며 섬기며
인내와 겸손으로
쌓아온 사랑이
아름답다.

어머니 생각에

나 어렸을 때
어머니의
한마디 한마디가
잔소리 같았고
내가 성인이 되었을 때
친구와 수다떨듯
시간가는 줄 몰랐지
아쉬운 세월을 뒤로하고
먼 훗날,
흐르는 바람에
가슴이 일렁일 때
들리는 마음 소리에
눈을 떠 보니
머언 길을 떠나셨네

먼 훗날,
다시 만날 날에
눈부시게 말하리
그리움을 한아름
안고 왔다고.

가슴 문門

초록빛 무성한
가슴 너머에
세월의 파도가
흔들린다

궂은 날 맑은 날
고달파도 외로워도
날갯짓 쉬지 못하는
어머니

언제라도 열고 들어서는
어머니 가슴 문

빛바랜 사진 속에서
국화꽃 되어
한 움큼의 시어詩語를
토해내는
어머니

가슴속에 숨은
그리움이
마음 문으로
녹아내리는
어머니 사랑을
담는다.

초록빛무성한
가슴니머에
세월의파도에
흔들인다
궂은날맑은날
고달피도외로워도
날개짓쉬지못하는
어머니
언제라도열고들어서는
어머니가슴문
빛바랜사진속에서
국화꽃되어
한웅큼의 詩語를
토해내는
어머니
가슴속에숨은
그리움이
마음문내열어
녹아내리는
어머니사랑을담는다

부부는

부부는,
한 길을 함께 걷습니다
한 사람만 바라보는
섬기는 사랑입니다

부부는,
내가 먼저
고개 숙입니다
은근한 시선으로
기다려 주는
겸손한 사랑입니다

부부는,
때로는 현실을
떠나고 싶어도
한숨 한 번 쉬고
기지개 펴며
인내하는 사랑입니다

부부는,
함께 늙어가며
닮습니다
주름 하나씩
얹힐 때마다
추억하는
사랑입니다

부부는,
잔잔한 그리움이 있는
정겨운
사랑입니다
영원한
고향입니다.

부부는
한 길을 함께 걷습니다

부부는
한 사람만 바라보는
섬기는 사랑입니다

부부는
경손한 사랑입니다
은근한 시선으로 기다려주는
배려이며 고개 숙임입니다

부부는
때로는 현실을 떠나고 싶어도
한숨 한번 쉬고 기지개 펴며
인내하는 사랑입니다

부부는
함께 헤어져 가며 닮습니다
주름 하나씩 없어질 때마다
추억하는 사랑입니다

부부는
잔잔한 그리움이 있는
정겨운 사랑입니다
영원한 고향입니다

짓고쓰다
향운

영원한 생수

수가 성城
그 샘물로 가자
영원히 목마르지 않도록
생수를 마시자
사랑을 마시자
고독한 영혼도
곤고한 육체도
눈부신 사랑을 만나자

수가 성城
그 샘물로 가자
세월의 그늘에서
내 사랑 생명줄 되어
구원의 기쁨이 넘친다
그리움이 마르지 않도록
영원한 생수를 마시자
또 다른 기다림
견고한 사랑을 만나자.

제2부

은혜의 옷(은혜, 기도)

여호와를
기뻐하라
저가
네 마음의 소원을
이루어 주시리라
시편 말씀을 쓰다
아온

겨울 끝자락에서

겨울 숲처럼
다 벗어 버리고
다 내려놓으면
보이지 않던 것들이
마음으로 보인다
진정한 자유가 밀려온다

지금, 내게
기쁨으로 오는 것은
그분을 향한
그리움으로 사는 것,
더 많이 사랑하고
감사하는 것
작은 몸짓에도 반응해 주시려
내 안에 오시는 것
겨울의 끝자락을 놓으며
봄이 오는 소리를 듣는다.

성령의 빛

영혼의 마른 강에
침묵했던 열정이
새로운 탄생으로
끓어오른다

불꽃으로 오신
당신의 손길이
영원을 향한
그리운 사랑으로
익어간다

소박한 가슴은
또 다른 결실을 위해
영혼의 불씨는
충만을 꿈꾸며
성령의 빛 속에
젖어든다.

은혜

하늘 가득한
봄기운을
가슴에 담고 싶을 때
흐르는 구름에
손을 적시고 싶을 때

부활의 언어들이
첫사랑의 모습으로
살아나고
영혼 속에 다가온
은혜의 불씨는
생명의 얼굴로
피어난다.

은혜의 옷

햇살이
사랑스럽다
봄바람에 실려
꽃잎과 그리움이
어울려
함께 춤을 춘다

탈색되지 않은
진리를 위하여
구속받지 않는
자유를 위하여
봄바람에
화사한 옷을 휘감은 채
설레이는
사랑을 위하여
은혜의 옷을 입는다.

감사의 노래

시간의 흐름 속에
살다 보면
가슴속 틈새마다
메마른 바람이 스며듭니다
그럴 때 당신은
보이지 않는 강물이 되어
조용히 흐르며
마음을 적십니다

발걸음이 무거워질 때
등불처럼 다가오는 말씀은
어두운 길 위에
은은히 빛을 내립니다
때로는 지친 마음을 안고
하늘을 바라보면
당신은 나를 향해
가득 핀 꽃향기로
고요히 위로하십니다

나는 또다시
마음의 쉼을 얻고
새롭게 주시는
은혜를 향해
감사의 노래를 부릅니다.

축제

생명을 노래하는
웃음소리 한바탕
예쁜 마음 고운 마음
얼굴을 맞대고
날개 달고
꿈을 꾸네

송이송이 단꿀송이
진리의 말씀
뼛속까지 흐르는
영약 되었네
언 가슴 녹여 내린 눈물이
기도 되어 흐르네

가슴마다 묻어나는
은혜의 빛깔
아름다운 향기 그윽하네.

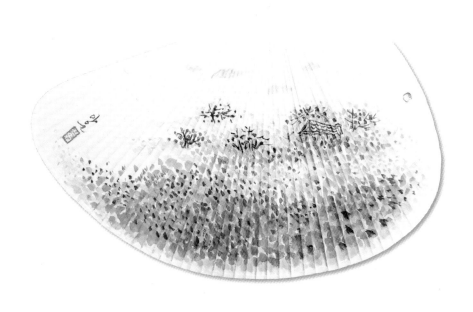

신호등

신호등을 바라보다
문득 생각의 문이 열린다

지금, 나의 신호등은
어떤 색깔일까
멈추고 기다리고 있는 것일까
앞으로 나아가는 것일까
인생신호등 앞에서
머뭇거리고 있지는 않은가

오늘도
그분이 주시는
은혜의 빛을 따라
나아가련다.

붓과 함께

나를 지탱하는 것은
올바른 생각과
판단과 행동이다
인생길에
시야가 흐려지고 쇠하여져도
난, 이 길이
마냥 즐겁다
저 높은 산과
거친 언덕이 있어도
멈추기 싫은
이 길을 가고 있다

마음속에 피어나는
소망의 꽃들이 피고
영혼을 적시는
은혜의 꽃들이
날마다,
나를 기쁘게 한다.

하나님 선물

어느 날, 문득
가을의 문턱에서
낙엽비를 맞는다

저들의 속삭임을
알 듯, 모를 듯
하나님의 선물인
가을 하늘 끝자락에 비친
황금빛을 바라보며,
기쁨과 슬픔이 어우러져
연륜을 쌓아간다

오늘도, 그분이 주시는
은혜를 따라가며
놓쳤던 사소한 마음들을
따뜻한 가을 하늘 속에
실어 보낸다.

가을 기도

한꺼번에 쏟아진
색깔의 언어가
사방에서 들려오고
몸살을 앓던
가을 산자락에
안긴다

흐르는 묵상 속에서
내 안에 숨어 있는
얼굴을 찾는다
부끄럽지 않은
영혼과
탈색되지 않은
진리를 만나려
묻어 있는
허상을
쓸어낸다

영혼의 불을 켜주는
싱그런 믿음의 언어를
쌓아가며

가을 하늘 속에
영원을 향한
그리움을
담는다.

한꺼번에쏟아진
색깔의언어가
사방에서들려오고
몸살을앓던
가을산자락에
안긴다
흐르는묵상속에서
내안에숨어있는
얼굴을찾는다
부끄럽지않은
영혼과
탈색되지않은
진리를만나려
묻어있는
허상을
씻어쁜다
영혼의불을켜주는
싱그런믿음의언어를
쌓아가며
가을하늘속에
영원을향한
그리움을
담는다

사윤기도를쓰다
마오 신소정

가난한 마음

당신을 부를 때마다
열리는 갈보리 하늘
해 저문 들녘에
말없이 고개 숙인
볏단으로
당신은 묵시하십니다

이 가을은
가난한 마음들이
돌아옵니다

당신 이름 새기며
그 앞에 서 있게 하십시오
후회 없는 마음으로 영그는
당신의 뜨락에
열매 되게 하십시오.

소년을 만나다

어둠이 깔린 거리에서
소년을 만났다
바삐 걸어가는
사람들 틈에서
해맑은 표정으로
소년이 내게 다가왔다

"어디 가세요?"
묻는 소년의 얼굴엔
하늘 미소가 가득했다

그 미소에
내 마음 가득
행복이 스며든다

아마도
당신께서 보내신
소년이 아닌가요?

지금도
그 미소 잊을 수 없어
수놓은 듯한
까만 밤하늘만 바라보며
그 거리를 생각한다.

골고다 언덕

잿빛 하늘이 깔린
골고다 언덕

스산히 부는 회색바람이
가시관을 스치며
당신의 얼굴을 씻어 줍니다
고통은 출렁이는 바다를 이루고
당신의 고독한 낯빛은
오히려 달빛이 되어
온 영혼을 비춰 줍니다

더 맑고
더 깊은 언어로
당신을 향한
사랑을 고백합니다
그래도, 이 마음 부족해
차라리, 떼를 쓰며 엎드려
몸부림쳐 봅니다.

―십자가에 달리신 골고다 언덕의 주님을 바라보며.

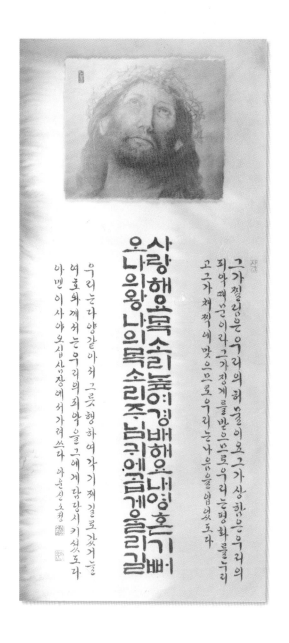

그가 찔림은 우리의 허물을 인함이요 그가 상함은 우리의
죄악을 인함이라 그가 징계를 받음으로 우리는 평화를 누리
고 그가 채찍에 맞으므로 우리는 나음을 입었도다

사랑해요 목소리 높여 경배해요 나의 혼이 기뻐
오 나의 왕 나의 목소리 주님 귀에 아름답게 울리길

우리는 다 양 같아서 그릇 행하여 각기 제 길로 갔거늘
여호와께서 우리의 죄악을 그에게 담당시키셨도다
아멘 이사야 오십삼 장에서 가려 쓰다 · 아운산 소원

이 잔盞이 넘치나이다

마음들을 모아
한 영혼 한 영혼 살리는
생명의 뜨락
꿈과 이상을 품은
젊음의 뜨락
당신의 소망대로
뜻을 따라 달려온
은혜의 뜨락

한 줄기 빛으로
한 줄기 샘으로 걸러내시며
말씀이 뿌리 되어
열매 맺게 하시는
믿음의 역사

더 큰 꿈을 안고
더 큰 이상을 품고
마른 땅에
샘이 솟게 하여라

찬양, 영광
주를 향한
이 잔이 넘치나이다.

—온 성도 신앙수련대회에서.

신앙고백

마음의 문을 열어
온 세상 눈부신
햇살 아래
생명의 말씀으로
기도의 샘을 채웁니다
당신의 사랑으로
영혼을 태웁니다
풍성한 사랑으로
꽃 피고 열매 맺게
하십니다

봄향기처럼
가을 들꽃처럼
더 맑고 더 깊은
믿음의 언어를
쌓아갑니다
당신께서 주신 기쁨은
영혼의 창窓을
밝혀줍니다

오늘도 당신을 향한
설레이는 사랑에
빠집니다.

나이가 들어감에

나이가 들어감에
꿈을 놓지 않게 하소서
생각과 느낌이
언제 어디서나
빛나게 하소서
늘 사랑을 깨닫고
그 사랑을 모아서
나누게 하소서

나이가 들어감에
더 지혜롭고
부드러움과 겸손을
잃지 않게 하소서

어려움 속에서도
작은 꽃을 보는
눈을 주시고
꽃들의 대화를
듣게 하시고

소망의 끈을
놓지 않게 하소서

실수 속에서도
괜찮아, 괜찮아 하며
성숙하게 하소서

자연과 더불어 느끼며
파아란 하늘과
바람 속에서
생각을 내려놓으며
내일을 향해
자유하게 하소서.

새날의 기도

흐르는 삶 속에
쌓였던 욕심과
숨어 있던 미움의 싹을
자르게 하시고
겸손하게 하소서
하얀 눈으로
덮게 하소서

언제나, 믿음 안에서
주시는 기쁨과 확신으로
믿음의 싹이
자라게 하시며
열매 맺게 하소서

언제나, 마음으로
사랑을 열게 하소서
그 사랑의 눈으로
삶의 아름다움을
보게 하소서

언제나, 은혜를
사모하게 하소서
여기까지 인도하심이
감사하며 펼쳐질
삶 속에서도
감사가 충만하게 하소서.

제3부

향긋한 침묵(행복, 세월)

행복 1

누구나 끊임없이
자신에게 물어본다
행복한가를
행복은 거대한 성공이 아니라
계속되는 작은 기쁨들의
추억에서 오고
그래서 좋은 기분 속에서
행복을 만난다
은혜로 충만한
오늘 같은 날.

행복 2

파아란 하늘의
고요함 속에서
가끔은 마음을 흔드는
아카시아향기처럼
그분의 향기가 들어온다
바람을 타고
내 곁을 맴돈다

내 안에 행복이
흘러넘친다.

행복 3

흐르는 물처럼
언제나 만나는
그분이 있다
만나기만 해도
구속된 마음조차
자유로워진다

지금도
내가 먼저 다가가면
자연 속에서
눈부신 그분의
향기를 느낀다
사랑을 느낀다

마음 깊은 곳에서
행복의 샘물이
솟아오른다.

향긋한 침묵

봄이 오는 소리에
마음이 눈을 뜬다

무엇 하나 버릴 수 없는
세월의 조각들이
그리움으로 반사되고
잃어버린 빈자리에는
또 다른 기쁨과 희망이
푸른 꿈을 꿈꾸며
아련히 향긋한 침묵으로 들어간다

세상 돌아가는 소리
허공에서 아우성거리고
가쁜 인생들이
멀어져 갈수록
커 보인다.

행복한 얼굴

어디선가 불어오는
꽃내음은
사랑의 향기로
마음을 채웁니다
어느새
하나씩 늘어가는
주름살 위에
여전히 푸른 꿈이
무성합니다

내가 원하는 것
내가 가는 길을
함께하는 사람
인생의 힘이 되어 온
당신은
소망이요
믿음입니다

당신 얼굴 위에
내 모습 겹치니
행복한 얼굴입니다.

은행나무

황금빛 은행나무 사이로
반짝이는 밤하늘의 별들이
달빛 속에서
고요히 속삭이며
사랑노래를 부른다

수북하게 쌓인
노란 은행잎들이
여기저기에서
손을 흔들며
얘기꽃을 피운다

노란 잎들이
마음속 파도를 타고
황금 옷을 펄럭이며
춤을 추고
바람 속에 사라진다.

숲길

숲길로 들어간다
울긋불긋 휘감은
찬란한 숲이었는데
저들도
더위에 지쳐
옷 갈아입는 것을
잊어버렸나

아직도
푸른 옷자락이 바람을 타고
어깨를 휘감는데
산 넘어 보이는
먼 숲에
쉼표를 찍으며
가을 숲으로 들어간다.

숲향기

언제나
그 자리에서
반겨주는 숲
낯익은 얼굴로
미소 짓는다

숲향기를 마신다
초록빛 영감 속에
마음은 햇살 되어
아름답게 수를 놓는다

빛바랜 감성이라
누가 말하랴

푸른 산, 하늘 향해
훨훨 날고 싶다.

소나무향기 집에서

소나무향이
솔솔 풍긴다

작은 호수에서
힘을 자랑하는 듯
물을 뿜어내고
아담한 잔디밭을 거니는
사람들의 얼굴마다
하늘미소가 번지며
가을향기 속에
빠지는 듯하다

잘 꾸며진
나무탁자 위에선
불꽃이 피어나고
잘 익어가는 냄새가
마음을 따뜻하게 한다
드높은 파란 하늘에
하얀 구름이

흘러가듯 그려낸
하늘 풍경이 아름답다

드높은 가을 하늘에
그분의 미소가 번진다
행복한 마음이 출렁인다.

세월 1(열매)

돌아보는
내 삶의 뜨락
꿈과 이상을 품고
소망을 따라
뜻을 좇아 달려온 세월
비바람 속에서도
말씀이 뿌리 되어
열매 맺게 하셨네

믿음의 언어로
소망의 언어로
사랑의 언어로
빛으로 걸러내신
손길의 역사

이제, 돌아보니
은혜요
축복이요
당신의 사랑입니다.

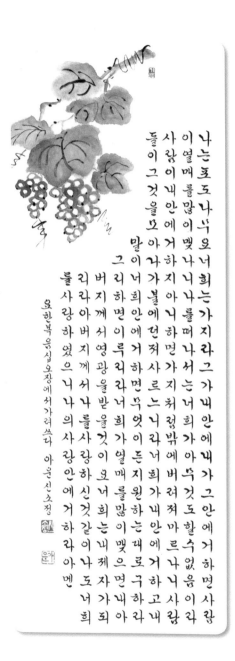

나는 포도나무요 너희는 가지라 그가 내 안에 내가 그 안에 거하면 사람
이 열매를 많이 맺나니 나를 떠나서는 너희가 아무것도 할 수 없음이라
사람이 내 안에 거하지 아니하면 가지처럼 밖에 버려져 마르나니 사람
들이 그것을 모아다가 불에 던져 사르느니라 너희가 내 안에 거하고 내

말이 너희 안에 거하면 무엇이든지 원하는 대로
그리하면 이루리라 너희가 열매를 많이 맺으면 내아
버지께서 영광을 받을 것이오 너희는 내 제자가 되
리라 아버지께서 나를 사랑하신 것 같이 나도 너희
를 사랑하였으니 나의 사랑 안에 거하라 아멘

요한복음 십오장에서 가려 쓰다 아은신소정

세월 2(따뜻한 손)

수없이 많은
기대와 꿈들이
먼 시간 속에
아직도 걸려 있는데
사람들은
무거운 겨울을 이겨내며
봄을 기다린다

새롭게 이어지는
성스런 시간의 조각들을
짜맞추기 위해
부지런히 욕심과 교만을
깨뜨려야 하는데

세월이란 친구는
어느새,
그리움으로 곁에 와
따뜻한 손을 내민다.

세월 3(그리움)

돌아보니
시간의 조각들이
들꽃으로 피어나
손을 흔들어 준다

세월이
많이 지났네

마음 틈새로 파고드는
그리움들이
책갈피 속마다
낯익은 모습으로
미소 지으며
살며시 들어와
마음을 흔들어 준다.

봄풍경

끓어오르는
봄기운에 밀려
겨울 숲이 녹아 버렸다

생명으로 반사되는
색깔들이
가슴속에 소복소복
담겨오고
담장을 타고 오르는
어린잎들이 볼을 부비며
녹색 빛으로 흔들린다

하늘 아래
속살을 드러낸
목련가지는
추억의 꽃으로 피어난다

점점 커지는
세월의 발자국 소리에

살아온 날들이
애틋한 노을 되어
그리움 속으로
들어간다.

오월의 의미

1
오월의 햇빛은
어머니의 숨결같이
따뜻하다
오월의 가슴속에
마음을 묻는다
주체할 수 없는
오월의 가슴으로
당신을 향한
투명한 언어로
채운다.

2
오월의 가슴으로
어머니의 가슴속으로
녹색의 향연 속으로 들어가
나를 회복시킨다
골마다 흐르는 냇물은
새로운 의미 속에

시간의 영속성을
알게 한다
길섶의 풀 한 포기에서도
싱싱한 생명력을
충전시킨다.

3
오월을 향한
투명한 고백은
나를 회복시키고
마음의 눈을 뜨게 한다
내 영혼의 세계가
확장되어 간다
깊어지게 한다
정녕, 오월은
어머니 가슴 문이다.

시간여행

신선한 바람이
편안하게 마음에 스며든다
황금빛 물결이
사방에서 출렁이고
발밑에서 속삭이는
낙엽들은
세상 모든 이야기를
담고 있는 듯
속삭이는 소리가
요란하다

흐르는 세월의 기억을
더듬게 하며
시간이 멈춘 듯
시간여행 속으로
빠져들어간다.

제4부

얘들아

애들아, 1(추억)

오늘도, 하나씩 하나씩
추억을 쌓아가는 게
우리 인생이다

나이가 들면
얼굴에 주름꽃이 피는데
그 속에서 추억이 웃고 있네
'추억'이란 단어는
들을 때마다, 마주할 때마다
마음이 설레이고
향기가 난다

그 추억을 통해
인생이 쌓여가고
익어간단다.

애들아, 2(나는 주인공)

우리는 누구나
인생이란 소설을 쓴다
그 속에서 주인공은
바로, 내가 된단다
인생은 생각에 따라
좋은 길이 되고
험한 길이 될 수가 있다

조급해하지 말고
두려워하지 말고
많이 힘들 때에는
잠시, 눈을 감으며
그분의 사랑을 느껴보자
지금, 나를 바라보시는
그 미소 속에
작은 불씨가
우리 인생을 밝혀준다.

애들아, 3(마음밭)

옥토 같은
마음밭을 일구자

거기에는
가시도 돌멩이도 바위도
엉겅퀴도 없단다
그리고, 거기에다
소망과 믿음의 씨를 뿌리자
상처받은 자리가
치유되고 완전해지는
능력이 생긴다
열매가 맺힌다

기쁨과 감사와
설레이는 행복한
인생길이 열린다.

애들아, 4(생명의 씨)

생명의 씨를 심어
아름다운 열매를 맺자
햇살과 손 잡고
숲을 이루자
새들이 와 노래 부르고
둥지를 틀게 하자

마음이 상한 자
연약한 자에게
사랑과 향기로
씨를 뿌려 주면
행복이 쑥쑥
자라난단다.

애들아, 5(사랑은)

우리가 사는
세상 속에서
사랑은
영혼을 깨우고
꿈을 꾸게 한단다

쓸쓸한 아픔이
허물을 벗고
소망으로 옷 입고
세상에 욕심이
하얗게 부서지는
파도가 되어
겸손의 옷을 입는다

그 사랑을 통해
우리 인생은
익어가고 성숙해진다.

얘들아, 6(감사)

일상에서
마음의 창문을
활짝 열고
주저하지 말고
실망하지 않고
내가 서 있는
그 자리에서
감사할 때, 감사가
배가 된단다

감사의 문이 열린다
행복의 문이 열린다.

애들아, 7(바로 지금)

지금
무엇을 해야 하나
기도를 통해
은혜를 길어내야지
과거와 미래가 아닌
바로, 지금
인생은
지금이 중요하다

내가 어디를 보는가
시선은 어디를 향하는가
바로, 지금
생각도 마음도 행동도
바꾸어 보자
상황을 이끌어 나가자
기도의 샘을
채워가면서.

얘들아, 8(마음다루기)

시간은 가버리면
다시 찾을 수 없고
만날 수도 없다
그러나
시간 속에 있는 추억은
기억되고 만날 수 있지
항상 넉넉한 마음으로
넓은 마음으로
시간여행을 즐겨 보자

시간 속에서
상처가 있었다면
위로로 풀어 주고
칭찬을 못 받았다면
토닥토닥 칭찬해 주고
괜찮아, 잘할 수 있어
응원해 주렴
스스로 마음을 고치며
넓은 세계를 향한
시간여행을 즐겨 보자.

선물

하늘 아래 내가 받은
가장 큰 선물은
건강한 오늘이다

오늘 받은 선물 중에서도
가장 아름다운 선물은
당신입니다
나지막한 목소리
빙긋이 웃는 얼굴
어떤 일에도
괜찮아, 괜찮아 할 수 있어

한아름 바다를 안은 듯,
기쁨이 밀려온다.

제5부

또 다른 감사를

아카시아향기(봄향기)

화창한 봄날
숲으로 가자

하얀 꽃잎들이 떨어진다
여인의 고운 향내처럼
더 맑고 더 깊은 언어로
알 듯 모를 듯
사랑을 길어 올리는 소리
영혼의 빛을 발하는 소리

정결한 기쁨을 안고
아카시아향기에
취하고 싶다

온세상
싱그럽고 눈부신
하늘 아래
어여쁜 생명들이
햇살 속으로 들어간다.

그 해 여름을 더듬으며

난, 아직도
기억한다
그 해 여름을
채 피어나지도 못하고
세상 속으로 사라져간 것을
원고지 속에 피어난
그 하늘
그 나무숲
찬란한 햇살 아래
이야기꽃이 피었던
그 시간
이젠 부서진
꽃망울 되어
손끝으로 더듬어 보며
아쉬움을 가슴에
묻어두고
추억 속으로 더 깊이
빠져든다.

하나님 선물

어느 날, 문득
가을의 문턱에서
낙엽 비를 맞는다
저들의 속삭임을
알 듯, 모를 듯
하나님의 선물인
가을 하늘의 끝자락에 비친
황금빛을 바라보며
기쁨과 아쉬움이 어우러져
연륜을 쌓는다

오늘도, 그분이 주시는
은혜를 따라가며
놓쳤던 사소한 마음들을
따뜻한 가을 하늘 속에
실어 보낸다.

비 오는 날은

겨울을 재촉하는
비바람 속에서
등을 떠밀리듯
잎새들이 떨어져
고요히 쓸려가고
가녀린 나뭇가지마다
더더욱 외로움을
느끼게 한다

그토록 찬란했던
황금물결은
어디로 흘러갔을까
여전히 마음속에서
출렁거린다
그리움과 아쉬움이
가득한 순간들

비 오는 날은
마치 지나온 시간들을
되돌아보게 한다.

또 다른 감사를

겨울 추위 탓에
나무숲이
동면에 들어가고 있다
그토록 찬란했던
가을의 얼굴들은
다 어디로 갔을까

그렇게도
아름다운 얼굴들을
마주할 수 있었으니
얼마나 감사한가

이제 나를 돌아보니
행복했던 얼굴
부끄러웠던 얼굴
아파했던 얼굴이
교차하며 스쳐간다
꿈을 실어 주는
크고 작은 경험들이
또 다른 감사를 기대하며
더 깊고 깊은
영혼의 사랑 속에
빠져든다.

거리

텅 빈 잿빛 하늘 아래
한산한 거리에
부는 바람소리가
을씨년스럽다

가로수 잎새들이
언제 저렇게
수북하게 쌓여졌을까
시간이 멈춰버린 것 같은데

어디론가
쏜살같이 달려가는
기차소리에
빈 마음을 실어 보낸다.

―보스턴 여행에서.

여행길에

1
바다 위에서
일출을 본다

온 누리를 비치는 태양
당신께서 창조한 빛
넘실거리는 물살 사이로
갖가지 문양을 드러내며
자태를 뽐낸다
바다 위에 비쳐지는
내 모습을 그리며
나만의 치장을 한다.

2
멀리 보이는 수평선에
여객선 한 척이
눈에 들어온다
어떤 사람들이 타고 있을까
여기에서도

다른 모양의 사람들을
많이 만난다
생긴 모습 언어가
다 달라도
여행하는 즐거움과 행복을
함께 느낀다.

3
끝없이 펼쳐지는
바다 물결을 떠나보내며
움츠렸던 마음을
함께 실어 보낸다
내일도 또다시
일출을 보겠지
일몰을 보겠지.

─크루즈 여행 중에.

지금, 여기에서

시간 틀에 쌓여가는
그리움의 언어들을
깊이 사랑한다
끝없는 배움과
묵상 속에서
온유와 겸손과
경건을 쌓아
숨어 있는 얼굴을 찾는다

얼마나 많은 날들을 쌓아야
보다 더 자유로워질까
얼마나 더 귀를 열어야
아픔을 들을 수 있을까

아직도 가야 할 길
또 가야 할 길을 위해
내 영혼 부끄럽지 않기 위해
지금, 여기에서
진리와 만나고 있다.

영혼의 등불

많은 날 속에
꿈을 담게 하시며
당신을 깊이 알수록
아름다움을
볼 수 있으니
감사합니다

흐르는 시간 속에
당신의 힘을
느낄 수 있으며
어둠에서 서성일 때
영혼의 등불을
켜 주시니
감사합니다.

쓴 뿌리

부정된 입술을
억제하며
생명의 언어로
걸러 주시고
내 안에 생수가 흘러
쓴 뿌리가
내리지 않게 하시니
감사합니다

당신을 향한
값진 사랑으로
내일을
열게 하시니
감사합니다.

감사합니다
부정된 심술을 억제하여
생명의 반석으로 걸러 주시고
내 안에 생수가 흘러 가시고
신부와 가까이 가진 자같게 하시며
영혼의 등불을 켜 주시니
서늘에서 서성일때
당신의 빛을 느낄수 있도록
빛의 지난 수도...

마음여행

그 많던 시간은
어디로 갔을까
가던 길 멈추고
마음 문門 열어보니
수북하게 쌓여 있는
세월의 낙엽들이
지나간 일상의
시간 속에서
얼굴을 내민다

사랑과 행복감으로
희망과 좌절의 모습으로
아픔과 고통의 얼굴들이
서로 기대고 있다
이젠,
진정한 자유함으로
마음여행을 떠나자

인생은
흘러가는 것이 아니라
모습으로 얼굴로
채워져 가는 것이다.

여호와는
나의 목자시니
내게 부족함이
없으리로다-

시편23:1
마을

불꽃놀이

1
밤하늘을 수놓는
불꽃놀이
온누리를 비추며
따뜻한 꽃을 피운다
차가운 바람 속에서도
따스함을 품을 수 있으니
감사한다
터지는 순간마다
사라질 줄 알지만
그 빛은 마음에 남아
소망이 되고
사랑이 된다.

2
하얀 눈 위에 흩어진
잔영들의 속삭임이
요란하게 들린다
찬란했던 순간들을

감사하라 외치는 듯
어둠 속에서도
두려움 없이 터지는
불꽃처럼
스스로 빛이 되라

당신은 속삭인다.

축복의 미소

파도는
은빛 병풍처럼 휘돌아
아이들의 세상을
감싸 안는다
금빛모래 위에서
빙글빙글 돌아가는
발걸음들이
하늘빛 속에서
춤을 추고 있다
그 모습, 참 예쁘고
평화롭다

소나무처럼 꿋꿋이
버들잎처럼 부드럽게
소망의 열매를 품고
빛으로 살아가렴

하늘미소가
물결처럼 번지고
당신 주시는
은혜와 감사가
파도처럼 출렁인다.

감사할 때

일상의 삶 속에서
생명의 언어가
마음껏 춤추게 하자
흐르는 시간 속에서
지금, 이 순간
가장 소중한 시간
오늘도 감사

늘 감사하는
꿈을 꾼다
행복의 꿈을 꾼다
꿈을 향해
나아가는 사람
지금, 여기에서
감사의 날개를 달자
상상의 날개를 펼치자.